Ye

411ς

Ye

4115

RECUEIL

DE QUELQUES PIECES DE VERS

FRANCOIS, LATINS, ET GRECS,

POUR LA RECEPTION

DE

MONSIEUR GUYNET,

INTENDANT A CAEN,

ET DE

MADAME L'INTENDANTE,

AU COLLEGE ROYAL DE LA COMP. DE JESUS

DE LA TRES-CELEBRE UNIVERSITE' DE CAEN,

A CAEN,

Chez ANTOINE CAVELIER, Imprimeur ordinaire du Roy,
& de l'Université. 1712.

DEPUTATION DU PARNASSE
A
MONSIEUR GUYNET,
INTENDANT EN LA GENERALITE' DE CAEN.

FABLE en stile de Marot.

S AGE ennemi de tout éloge fade,
   Qui se feroit de votre nom parade,
Prudent GUYNET, jaçoit qu'Honnêteté,
Heur & Vertu, Douceur & Loyauté
Soulent en Vous faire leur residence ;
Ce neanmoins ne souffririez, je pense,
Qu'un indiscret en Vous timpanisant
Sur votre los allast poëtisant :
Mais si quelqu'un entreprenoit de peindre
Loüange fine, & de meilleur alloi,
Ja ne croirois que voulussiez vous plaindre,
Qu'on vous loüast, & fussiez en émoi ;
Ains, à mon gré, pourriez-vous le permettre ;
Or la peindrai-je en Marotique metre.
   Dans Parnassus le païs des neuf Sœurs,
Où d'Hypocréne on puise les douceurs,
Où Pastoureaux attroupés sur l'herbette
Mêlent leurs chants au son de la musette,
Est un reduit rempli d'enfans ailés ,
Par Apollon Complimens appellés ,
A le servir toûjours prompts & zélés,
Frisques, gaillards, ayant mine doucette,
Museau friand, humeur gente & follette.

A

Pas ne voudrois m'y fier autrement :
Tres bien ont-ils mainte & mainte fagette
Trempée au miel, qu'ils lancent dextrement,
Sâns que'fçachiez quel eft cil qui la jette,
Et puis s'en va le vainqueur fierement.
Même l'on dit qu'en jargon de fleurette,
En doux parler & parole proprette
Ces enfançons furpaffent Orateurs,
Et font fçavants trop plus que des Docteurs.
Par les vallons les mutins font cueillette
De franc jafmin, lys, rofe, violette,
Pour agencer feftons, bouquèts, atours :
Mais de ces fleurs on voit l'une fannée
En un clin d'œil, l'autre en une journée
Ecloft & meurt. Tres peu durent toûjours.
En cettui lieu cette troupe gentille
Prend fes ébats, danfe, balle, fretille,
Et l'on riroit à les voir caquetter,
Roffignoler, folâtrer, becquetter ;
Si que diriez oüir effaims d'abeilles
Deçà delà bourdonner fur les treilles.

    Adonc Phœbus pour vous faire fa cour
Dans fes Etats fit battre le tambour,
Et raffembler cette race emplumée
Sous fes drapeaux. Complimens de vôler,
Trotter ceux-cy, ceux-là caprioler.
Onc on ne vit plus floriffante armée.
Vous en voyez de grands & de petits,
Les uns mignons, bien-difants, & beaux-fils,
Les autres fiers, & du plus haut parage,
Compliments gays, & faits au badinage,
Compliments vifs, alertes, & fripons,
Compliments doux, & de tendre ramage,
Compliments neufs, & Compliments barbons

Du temps jadis. Ce ne font les moins bons.
Bref il en eſt de tout poil, de tout âge.
Or les voyant Phœbus ſous l'étendart,
Fors les groſſiers ſans genie & ſans art,
Et les flatteurs, foule deſavoüée,
A la ſatyre, au mépris dévoüée,
(Car ſont iceux du docte mont bannis,
Voire de tous baffoüés & honnis)
Leur diſt, enfans, il faut qu'on me feconde,
Beſoin avez de votre art & faconde
Pour ſaluer avec humble maintien
Un Intendant de Thémis le ſoutien.
Il ne me chaut de loüanges fleuries,
Diſcours guindés, ou telles niaiſeries.
Peignez plutoſt ſon eſprit lumineux,
Qui ſçait former, parfaire un projet vaſte,
Et délier d'inextricables nœuds ;
Son air gagnant, ſa gravité ſans faſte,
Si convenable à ſon illuſtre ſang ;
Ce bon-accueil plus priſé que ſon rang,
Cet œil ſerain, où le peuple ſçait lire
Son vrai bonheur. Rien plus ne veux preſcrire ;
Point ne faudrez, ſinon de trop peu dire.
Aprés ces mots voilà nos gens partis,
Tous leurs emplois leur étant départis.
Chemin faiſant on cauſe, on ſe prépare,
Chacun de fleurs, de guirlandes ſe pare,
On prend ſon arc, on éguiſe ſes traits :
Grand bruit entr'eux pour faire les apprets,
Tant qu'on s'arrête, & Compliment *hardi*
A l'air joyeux, au viſage ébaudi,
En ſecoüant les piéces de ſa trouſſe,
Je ne croi pas, dit-il, qu'il ſe courrouſſe,
Si je lui dis d'aimables verités,

Sans rechercher cent tours de paffe-paffe
Pour lui lancer une fléche avec grace,
Je tracerai fes hautes qualités.
Tout-beau, reprit le Compliment *timide*,
Sur ce debut nous ferions mal reçûs ;
Ignorez-vous que parmi fes vertus
La Modeftie eft celle qui préfide ?
Ils alloient donc difputant fur ce cas :
Que ferons-nous, que ne ferons-nous pas ?
Souffrira-t'il fi grande hardieffe ?
Que fi, que non. Chacun dit fon avis,
Tant qu'à la fin par femblables devis
Sans point ceder, on arrive, on fe preffe.
La bande voit fur les bords de l'Odon
Un peuple heureux, fier de fon avantage,
Qui bien fçavoit pourquoi faifoient voyage,
Et leur difoit : Amis, portez le don
De tous nos cœurs, & notre pure joie
A cil vers qui le Pinde vous envoie.
Dépeignez-lui nos juftes fentiments,
Par là ferez de jolis Compliments.
Vôlez vers lui. La troupe écoute, & vôle,
Se foutenant fur les ailes d'Eole,
Et reconnoift le Temple de Thémis ;
(Car votre Hôtel, Magiftrat debonnaire,
Peux bien nommer fon manoir ordinaire.)
Nos Compliments y furent donc admis,
Vous fuppliant qu'aux autres fi propice
Bien vouluffiez vous rendre auffi juftice.
Puis à l'envi d'exalter votre los,
Et vous tenir ingenieux propos,
Que n'oferois à prefent vous redire :
Vrais ils étoient, cela me doit fuffire.
J'ay fçû depuis qu'en votre cabinet

Un Compliment curieux & finet
Jettant les yeux fur mainte pourtraiture (*a*)
Aux traits hardis, faite d'aprés nature,
Difoit, quelle eft cette Deïté cy ?
Pallas, dit-on. Et celle que voicy ?
Là ? C'eft Cerés, (*b*) tenant gerbe & javelle,
Qu'un petit peuple, autre engeance nouvelle,
(Ainfi que font moiffonneurs halettans)
A pleines mains cueille par paffetems,
Briguant l'honneur de plaire à leur Princeffe.
Mais auffitoft le friponneau rufé
Sçût diftinguer ce portrait déguifé
De votre Epoufe habillée en Déeffe :
Bon, bon, dit-il, fouriant de lieffe,
Déeffe elle eft ; pas n'y fuis abufé.
Quant à l'Epoux, ce tableau nous defigne
Dons de Cerés, qui point ne tariront
Par fon labeur ; & l'autre eft le vrai figne,
Que par fes foins les beaux arts fleuriront.
　　Voilà fes mots, que j'appris de lui-même.
Tout fe paffa dans une joie extrême ;
Sinon qu'on dift que certain oifillon
De cette gent, plus gay qu'un papillon,
Eut à fouffrir difgrace ne fçai quelle,
Qui le tourmente, & lui tient fort au cœur.
(C'eft Compliment *bel-efprit* qu'on l'appelle)
Comme il vouloit pouffer un dard vainqueur,
Un doux fouris mêlé d'un air modefte,
Para le trait, & lui rendit fon refte.
Lors le povret d'un vermeil enfantin
Tout coloré begaye & fe démonte.
Enfant mignon, n'en ayez point de honte,
D'autres que vous y perdroient leur latin.

Le 2. Brumoy de l. C. D. J.

(*a*) Ta-
bleaux qui
font expo-
fés dans le
cabinet de
M. Guynet.
(*b*) Por-
trait de
Madame
Guynet en
habit de
Cerés.

POUR MADᴱ GUYNET INTENDANTE,

ODE.

AMYNTE vient : qu'on apprête
  Lyres, chalumeaux, chanſons,
Et qu'on celébre la fête
Par les plus gracieux ſons. . . .
Je t'entends, Dieu du Parnaſſe;
Mais diſpenſe moy de grace
D'un temeraire projet.
Crains plutoſt, ſi je la loüe,
Que mon foible effort n'échoüe
Sur un ſi noble ſujet.

Irai-je en panegyriſte
Reſſuſciter ſes Ayeux,
Et d'une pompeuſe liſte
Faire un détail ennuyeux?
Cet éloge ne plaiſt gueres
Qu'à des merites vulgaires,
Qui s'en font un beau dehors :
Pour étayer leur foibleſſe,
On cherche dans leur nobleſſe
L'appui des illuſtres morts.

Peindrai-je Flore à ſa ſuite
Jalouſe de ſes appas,
Les Graces ſous ſa conduite,
Les Ris naiſſants ſous ſes pas?
Je ſçai qu'on voit autour d'elle
Cet eſſain tendre & fidelle
Prêter l'oreille à ſa voix;

Les Vertus font du cortége;
Mais en cela que dirai-je
Qu'on n'ait déja dit cent fois?

D'une loüange commune
Emprunterai-je l'éclat?
Pour Amynte il en faut une
D'un tour bien plus delicat.
Son esprit ne la pardonne,
Que quand notre art l'assaisonne
D'une piquante douceur.
Par une route inconnuë
Il faut qu'elle s'insinuë,
Et se déguise à son cœur.

Ainsi ma veine sterile,
Et ne coulant qu'à regret,
Du bonheur de cette Ville
Me fait un chagrin secret.
Mais quelle yvresse soudaine
Me prend, me saisit, m'entraine?
De quel Dieu suis-je agité?
C'est Apollon qui me guide:
Loin d'ici, respect timide,
Fay place à la verité.

Je vois Amynte adorée
Sur les rivages heureux
De l'envieuse contrée,
Qui l'arrachoit à nos vœux.
Dans les cercles qu'elle pare,
Thalie à son goust prepare
La grace de l'enjouëment,
A Pallas elle ressemble,

Et lui dérobe, ce femble,
Son port & fon agrément.

Le gouft, la fine critique,
L'air grand qui lui fied fi bien,
Compofent le fel Attique
De fon charmant entretien.
C'eft par là que fon merite
Brille, éclate, & s'accredite
Chez tant de Divinités,
Qui par un choix legitime,
Ne prodiguent leur eftime
Qu'aux plus rares qualités.

Quelle heureufe deftinée
La comble aujourd'hui d'honneur?
Region trop fortunée,
Tu nous cedes ton bonheur.
Mais qu'entens-je? elle foupire,
Et tandis que tout confpire
A couronner fes vertus,
Son cœur, que fa grandeur bleffe,
N'accepte qu'avec trifteffe
Des honneurs qui lui font dûs.

Oüi, votre trifteffe eft jufte,
Amynte, on n'en peut douter:
L'amour d'une Ville augufte
Avoit de quoi vous flatter.
Si le nôtre peut vous plaire,
Déja d'un devoir fincere
Nous nous fommes acquittés.
Venez, & que notre hommage,
S'il fe peut, vous dédommage

De tous ceux que vous quittez.

Elle part, & notre zêle
Lui députe des Souhaits :
Paris, je vois aprés elle
Vôler tes juftes Regrets.
Telle fouvent Cytherée
Laiffe Paphos éplorée,
Qui languit à fon départ :
Les Soupirs fervent d'efcorte,
Et tous les cœurs qu'elle emporte
Sont attachés à fon char.

Je te vois, Dieu de la Seine,
Mêler des pleurs à tes eaux,
Et pour témoins de ta peine
Brifer d'innocens rofeaux.
D'un air morne & taciturne
Il fe panche fur fon urne,
Et fait des plaintes aux Dieux :
Ses Nayades fur la rive
D'une voix trifte & plaintive
Font de lugubres adieux.

Beau féjour, qu'Amynte quitte
Pourquoi nous l'enviez vous ?
Notre bonheur vous irrite,
Ceffez d'en eftre jaloux.
Le choix du Prince l'ordonne ;
Souffrez que LOUIS nous donne
Ce gage de fon amour.
Si notre bien le demande,
Quelque dignité plus grande
Sçaura vous le rendre un jour.

P. BRUMOY, de la Comp. de JESUS.

ILLUSTRISSIMO PRÆTORI

AD LUDOS SOLEMNES

INVITATIO.

TE nimis affiduo, Prætor, Themis alma labore
    Detinuit, quàmvis chara, molefta comes.
Namque moræ impatiens vel incrtibus invidet horis,
    Æqua fit ut cunctis, non fatis æqua Tibi.
Quod faveas illi facta eft audacior, & quod
    Ad Te mollem aditum fponte patere videt.
Senfimus. Utilibus dum curis Te premit, ægrum
    Afpicit, infelix obfuit ipfa fibi.
Utilitas, mihi crede, tuo nocet empta periclo.
    Eft tua cum populi juncta falute falus.
Subtrahe te paulùm Themidi. Nunc otia Phœbus
    Exercere, Themis quæ probet ipfa, jubet.
Ecce parat feffo fpectacula, quæque placere
    Digna putet, poterunt fi placuiffe Tibi.
Ergo ades, & ludos pacato refpice vultu,
    Cernere quo populum dignus amore foles,
Aftantes referent Pueri tua facta lepofque
    Laudis ab ingenuo candidus, ore fluet.
Attamen ut narrent Tibi plurima, plura tacebunt,
    Ne tuus hinc poffit læfus abire pudor.
Interea fremitu' cœtus plaudente favebit;
    Virtutum teftis, laudis & effe volet.
Spectabis populum pater, & fpectaberis illi.
    Pompæ fplendidior pars erit illa novæ,
Confulet hic mites oculos, & in augure vultu
    Quæ das & fpondes profpera fata leget.

Tu procerum memores animos, urbique viciſſim
      Quæ facis, in multâ gaudia fronte leges.
Lætitia ex ipſa & muto laudabere geſtu.
      Fallimur, aut laudem gratiùs inde feres.
Nil agimus Vates meditatis vocibus, & vox
      Neſcio quod majus publica pondus habet.
Maximus hanc, memini, laudem FUCALDUS amabat
      A populo lætus nomen habere patris.
Lætus laude pari, ſi Te benè novimus, ibis:
      Congrua, laus eadem, corda movere ſolet.
Scena patet. Propera : doctī ſacra limina montis
      Aſpice, conſpectu nobilitanda tuo.
Utque nihil deſit, Charitum chorus omnis amico
      Expetit auguſtæ Conjugis ore frui.
Illa Jocis aderit princeps, ut culta loquantur.
      Jampridem Dominam gens ea noſſe poteſt.
Fauſtus uterque veni. Si præſit uterque Camœnis,
      Tu P. '' hæc magnæ Palladis inſtar erit.

P. BRUMOY, Societ. JESU.

ΑΝΑΚΡΕΩΝ ΚΑΙ ΣΑΠΦΩ.

ΔΙΛΛΟΓΟΣ.

Ἀνακρέων.
Ὠ ΜΩΜΟΚΕΙΝ τὸν ὅρκον
Ἔρωτα μὖνον ᾄδειν·
Ἀλλ᾿ ἦν ἰδών σε, ΔΑΦΝΙ,
Τὸν ὅρκον ὖ τελέσω.

Σαπφώ.
Ἐγὼ δὲ, μὴ παρ᾿ ὅρκον;
Θέλω λέγειν ΑΜΥΝΤΗΝ·
Ἁγνὸς ἔρωτας ἁγνὴ
Λύρῃ γε μόδσα φωνεῖ.

Ἀνακρέων.
Λέξω τε τήςδ᾿ ἔρωτας.
Θεοὶ φιλῶσι Δάφνιν·
Δεσμοί τε πολλοὶ αὐτῷ
Τοῖς καρδίας πέδησε.

Σαπφώ.
Κλυταὶ κλυτὼ Ἀμυντὼ
Θεαὶ φιλῶσι πολλαί·
Ἡ γὰρ βέλεσι πολλοῖς
Τῶν καρδίας πιτρώσκει.

Ἀνακρέων.
Φίλες ἔχει ὅδ᾿ ἐσθλὖς,
Ἔχει δὲ μηδὲν᾿ ἐχθρόν.
Τρόπος γὰρ ᾦ τίς ἐστι
Πᾶσιν βροτοῖς ἀρέσκων.

Σαπφώ.
Κεδνῇ ᾄδειν Ἀμυντῇ
Χοροὶ ποθῦσι νυμφῶν.
Αἱ μὴ φθονῦσι νύμφαι·
Τὸ γὰρ τις εὐτυχὲς φῆς.

TRADUCTION.

DIALOGUE D'ANACREON ET DE SAPPHO.

Anacreon.

J'AVOIS juré que fur ma lyre
Je ne chanterois que l'Amour :
Daphnis vient ; fa vertu m'infpire
D'eftre parjure pour un jour.

Sappho.

Moy je veux fans eftre parjure
Faire à fon époufe ma cour ;
Et ma Mufe peut eftre pure,
Sans ceffer de chanter l'Amour.

Anacreon.

Il faut donc chanter un air tendre ;
On aime tendrement Daphnis ,
Et tous les cœurs promts à fe rendre
En fa faveur font réunis.

Sappho.

De plus d'une augufte Princeffe
Amynte a fçû gagner le cœur ,
Et de la plus vive tendreffe
Eprouve par tout la douceur.

Anacreon.

Daphnis a des amis finceres,
Nul ennemi, point de jaloux :
Il eft des vertus fingulieres,
Et qui contentent tous les gouts.

Sappho,

De plaire à fon aimable époufe
Chaque Nymphe fe fait honneur :
Amynte n'a point de jaloufe ;
C'eft un bien plus rare bonheur.

Τ' ἀγάπη συμφέροντα
Ζητεῖ τα πάντα Δάφνις·
Τῷ ἀινετὸς μάλιςα,
Ὧ, ἢ μέλει τὰ λαῶν.

Ἀνακρίωνι

Αἰεὶ φίλα φρονῦσα
Κύδει χάειν συνάπλει.
Κῦδος φίλη ἄκοιτις
Ἔρχεις φέρει ἄκοιτιν.

Σαπφώ.

Ἐπεὶ κλυτὼ Ἀμυντίω
Καλός τ' ἔγημε Δάφνις,
Δεῖ τῦτο μϸνον αὐτοῖς,
Τίεν τεκεῖν ὅμοιον.

Ἀνακρέων.

Τοῖς ὃν διαρέπουσιν
Ὧ Ζεῦ βουλὼ ὅπασον·
Ἔσονται ἢ ἀτέκνοις
Οἱ λαοὶ ἀπὶ τέκνων.

Σάπφώ.

Guil. Hyac. Bougeant, Societ. Jesu.

Anacreon.

D'un zêle épuré pour son Prince
Daphnis est justement épris ;
A son amour pour la Province
Ce zêle ajoûte un nouveau prix.

Sappho.

Amynte dans un rang illustre
Est d'un abord charmant & doux,
Sa douceur donne un nouveau lustre
A tout ce que fait son époux.

Anacreon.

Le plus favorable Hymenée
Assortit Amynte & Daphnis :
Il ne manque à leur destinée,
Que de s'entr'aimer dans un fils.

Sappho.

Plaise au Ciel que sous leurs yeux brille
Une heureuse posterité !
Au moins le peuple est la famille
De qui gouverne avec bonté.

Le P. Charles Merlin, de la Comp. de Jesus.

www.ingramcontent.com/pod-product-compliance
Lightning Source LLC
Chambersburg PA
CBHW072359190626
46811CB00020B/2016